倾听缪斯的絮语·中国当代唯美诗歌精选

韩少君　高长梅　主编

安静下来

琳子　著

九州出版社
JIUZHOUPRESS
全国百佳图书出版单位

图书在版编目（CIP）数据

安静下来 / 琳子著. -- 北京 : 九州出版社，2014.3
（2021.7 重印）
（倾听缪斯的絮语 : 中国当代唯美诗歌精选 / 韩少君，
高长梅主编）
ISBN 978-7-5108-2779-2

Ⅰ. ①安…　Ⅱ. ①琳…　Ⅲ. ①诗集－中国－当代
Ⅳ. ①I227

中国版本图书馆CIP数据核字（2014）第041887号

安静下来

作　　者　琳　子　著
出版发行　九州出版社
地　　址　北京市西城区阜外大街甲35号（100037）
发行电话　（010）68992190/2/3/5/6
网　　址　www.jiuzhoupress.com
电子信箱　jiuzhou@jiuzhoupress.com
印　　刷　北京一鑫印务有限责任公司
开　　本　720毫米×1000毫米　16开
印　　张　9
字　　数　104千字
版　　次　2014年4月第1版
印　　次　2021年7月第5次印刷
书　　号　ISBN 978-7-5108-2779-2
定　　价　32.00元

前言

诗歌之美源于自由：心灵的自由，精神的自由。

作为和时代同步的诗人，他们有着敏感的内心，用灵动、柔软、圆润、晶莹的内心亲近生命，感受光明，传递善良。诗歌写作，毫无疑问就是诗人内心的独白。写生命的开始和消亡，写河流，写大地，写一草一木，写细小的生命所散发的温暖。

诗人实际上是用作品还原事物的本真和他们内心的脆弱。

诗人大解似乎要通过诗歌表达忏悔和矛盾，确认人生在世，乃至宇宙中所处的位置。他精神向上，姿态低垂。他热爱拥有的东西，感恩生命、亲人，近距离触摸大自然。他一直叩问，不断追求灵魂的自我解脱之道，他是真诚的，也是谦卑的，他在用自身的体验对世界进行深度的观察和理解。

他的诗，在阅读上没有难度，不设障碍，但也从不缺少智性的留白，他像个耐心的工匠，从自己的角度向世界提出问题，每个人得到的启示不一定相同，答案却自留在了世界运转的法则中。

在当下的女性诗歌写作群落里，诗人李南有着自己独特的声音。这声音仿佛暗夜里的光，有温暖而悲凉的双重听觉，更有直入心灵的力量，这力量来源于她目光的向下和心灵的向上。

李南的诗歌充满温情的力量。从世俗熔炉提炼出来的优雅，感伤背景中掩饰的痛楚，形成了她个人特色的冷峻诗风，在描述现实生活的同时又不局限于现实，相对完整地把人生经验和艺术体验呈现于她的创作之中。

卢卫平对词语具有的尖锐而深刻的呈现能力，他从不回避眼前的现实生活，并从中提取真质而凝重的精神意向。他在诗中开辟了自己对观念的呈现和提升的特殊途径，赋予普通事物以诗意化的时代符号。卢卫平的诗作，对观念的确立和诗意阐释，体现出了他所具有的特殊力量的创造性思维和深入精神本质的超常潜能。

经历了多年的沉寂之后，韩文戈带来了一批沉郁的充满中年情怀的诗篇。一种更为谨慎的态度成全了他作品的厚度。

当生活经验与生命体验融合为一，韩文戈的诗穿越时间和空间，超越疼痛与隐忍，展示了一个成熟诗人对世事的感悟，其稳健的诗风也使得他的作品具有了经典意义。

琳子的诗直面现实，本真、质朴，有着鲜明的女性特征和觉醒意识。她善于通过简单的物象来体现人世的大爱大美，尤其是在表达母性和女性意识上，充满理性客观的思考。她还是那种善于在生死这个永恒的主题上发现美、抒写美的诗人。

起于浮华，超乎事态，韩少君的诗歌更具先锋性，他说他从事的是一项在场的叙述性工作，他的诗歌有广阔而深沉的背景，语言简洁，收放自如。韩少君善于从日常经验、个体的生命意识出发，寻找日常生活中的诗意和反动，在经验的世界之上感受另一种生命的真实。现实赋予了他诗歌的力量，也让他在这种力量中感受到自身的强大。他的很多诗篇充盈着批判的人文精神，在这种批判和看似无序之中，我们看到的是一个更纯粹、更可信赖的诗人。

王久辛一向保持着自尊与自强的诗人倨傲的人生态度，他或“以诗进入历史，出入战争”，“写得大气磅礴，狂放不羁，洋溢着浓烈的民族感情和人间正气”（诗人获首届“鲁迅文学奖”时高洪波语）；或借事言怀，借史明义，借景抒情，“表达诗人壮烈的人道情怀和悲悯意识”。王久辛更是一位在艺术探索上颇为精进的诗人，试图追求一种在艺术上经得起时代检验的诗歌语言，“追求语言的最大内蕴与张力，建构诗歌独特的审美空间，追寻意象的魅惑力”（文学博士谭旭东语）。

此外，张庆岭诗的成稳，高非子诗的清隽，90后代表苏笑嫣诗的青春活泼都各具特色，都值得读者的关注。

我们的工作是将这些作品呈现出来，希望给人以启迪，从而引发深深的思考。

目录

第一辑 四个五月

第二辑 落过花的树

目录

第三辑 石头里的象形

第四辑　草尖上的鱼

第一辑

四个五月

一月

我奔跑

跑过雪花和虎头布鞋

我在大平原上奔跑

在大雁消失的方向奔跑

在小麦的根部奔跑

在贝壳上奔跑

在奶水前奔跑

在恋人的手掌上奔跑

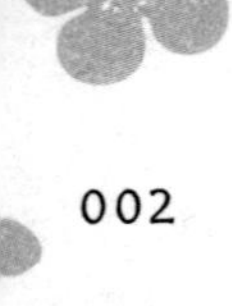

在屋脊奔跑

在针尖和线头之间

奔跑

在左脚和右脚之间奔跑

我奔跑

脸色苍白

指甲脱落

我奔跑，只是为了一次次的陷入

和重合

二月二

二月二，龙

开始出卖它的河流

翻过大山

乌云上站着一群

黑色的鸟

它们一个个比我们的父亲

还要庞大

我身上结满晶体

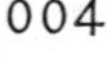

如果我骚动

就让一截裸青的柳树

从我身体内

穿出来

等待一场桃花

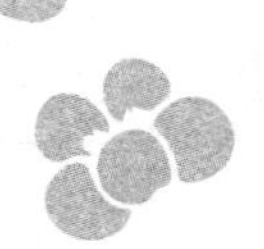

我喂养一只斑斓大虎

在春天

我骑着我的斑斓大虎

先摘下我的左臂

后断下我的双脚

三月之一

三月是扎在门口的

一道红砖墙

我模仿孩子跳远

向田垄那边

张开双臂

我其实已经在田野里了

是那些老人和孩子

把我带过去的

一对恋人把纸做的大鸟

举在空中

他们奔跑,大声喊叫:宝贝……我的

宝贝……

野菜有水红的根

紫红的根

它们一律带着

又软又亮的湿泥

三月之二

阡陌，从远古脚印里跌落

三月的风清晰，醒目

看不到的瘟泅正伸出手

把暮晚的霞和晨起的霞一并捏碎

土壤里的根须

红润灼灼

于是那阡陌带着青铜器上的锈迹

瘦弱下来，绿

浮上来，浓厚而饱满

这新鲜的味道让眼睛一阵一阵疼痛

远处的山仅仅过了一场湿雨

就青黛如一抹烟痕了

太阳的光泽从遥远的地方卸载

叶绿素开始变老

这时候

应该有一只纸鸢被一根长长的绳子拽着

拾穗者在这青笼的方寸间慢慢

弯下腰

她把一些东西从脚边抓起

装进我干瘪的眼睛

三月之三

三月到了

油菜开花了

蜜蜂来过以后

蜜蜂就有了嫩黄的小口

到农田的人多起来

挖野菜的城里人穿着洁白的球鞋

小风钻进了他们的身体

他们怎么使劲也拔不出来

一个孩子在追赶一只风筝

那是一只往高处拼命爬行的蜈蚣

他拽住一根绳子

试图把它捆绑在地面上

今年的桃花又落了

它们现在是一片片洁白的指甲

一个仙人藏在树后

使劲擦拭自己的身体

暖风在地面形成小小的旋涡

我在远处看着它

它独自被风举在半空

再看却没有了

四月

在涉江之前

开花一样问候我

一再问候我

我有一山坡的树林和草地

接受你

在涉江之前你已经被纵容

我的双臂已经高过分界的草标

我揣着那么多的

液体打火机

我第一次想到要把我的江河

献给你。在这花粉荡漾的四月

我有理由重整山河

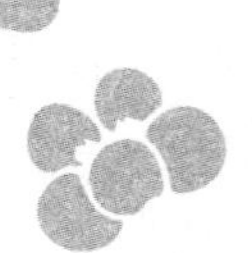

因此我不断骨头发痒

光线和花的绒毛吸附在我的眉心

我几乎跳起来

努力去抓

葱茏的头皮

四月二十一

想象那时我是那个样子的:抽搐

紫红,闭眼

离开了你的骨盆

离开了你的三十六度

离开了你的黏液,母亲

我有了自己的热气

我肯定是那个样子的:有骨头

但骨头却不能直立

土墙角落满小虫子的灰甲壳,蜘蛛在我头顶

爬到高处去了。我低矮、自由

用拳头紧紧塞住

小嘴巴。母亲

你肥胖地敞腿坐着,把我摆放在小床上

捏来捏去

五月之一

那时，我的青格裙子

洗得很干净

小辫子束在脑后

我的男朋友是英语系的眼镜片

这一天，我们从城市

回到农村

麦苗在田间悄悄拔节

桐树的紫花落了一地

我家的门头上

炊烟正散发出甜腻腻的腥味儿

书包在我的肩头

松松垮垮挂着

我总是

装一本童话

五月之二

不要等它长老

这绿色的小麦粒曾经来自于水

当它藏起乳白的光晕

不再晶莹

有点软弱

放在手心，两掌

轻轻糅合

夕阳绕过指头

轻轻一吹

翠色的小碎屑

随彩霞溅落一地。你看

小麦最甜蜜的时候

就是这个样子的

五月之三

核桃树的皱纹在五月
陷入一颗颗隐盾的干果。熟悉的
汗酸味在手背上留下
盐的白条痕。小核桃,小核桃
他们攀到树上,把你掐下来

我固执认为汗青的颜色
更接近一次火焰对碳的描述
它黏稠,它变干
它的黑流进黄土地,流进
树根和石头内部

小核桃,小核桃
你是一只青颜色的小泪泡,一捏
一跳,一捏一涨

五月之四

我看不到你

就像看不到老虎和毒蛇

我知道我已经深入到种子里边去了

这是炎热的五月

我的背后

有人裸着脊背

对抗一次大面积的烧伤

一把沾着凉水的镰刀再次成为

枕头下的扶手

和把柄

六月

女贞开花了

她的香气从前面

袭击了我

这开在人间的小花只要

动一动

就会推出一些蜜蜂

落下一些花粉

这远离牌坊和碑文的小花只要

动一动

树下的影子就会向干燥的地方

挪一挪

七月七

喜鹊落在铁轨上

喜鹊落在电线上

喜鹊落在树杈上

喜鹊落在土坟上，喜鹊

是一种白花大鸟

它嘎嘎嘎叫

它每天都要掏出很多小虫子、泥巴，和干草

更小的喜鹊

在空中长大

七月十五

该来的，会在黎明露出容颜

该来的，会在路上截下我

该来的，会留出一块空地给我堆积纸马

该来的，会在泥巴路尽头等我等到

露珠变黄。七月十五

我送走的外祖母

再次潜回院子。公鸡不叫，黑狗不叫

它们提前认出了她

一只刚出生的小羊擦着红颜色的脊背

从屋檐下跑出来

墙缝里的蜘蛛也在它的网上

抬了抬头

七月十八

七月十八，芝麻开花

你看我的芝麻就这样挑开一缕晨光，节节升高

开花，开花，那小小的种子，多么香

七月十八，雨水充足的黄昏

一园子小树纷纷弹出小点的露珠。我说：如果有一滴

落在我的头上，我就是发光的

八月

大河向东流

流到大海不回头，高原

是一块旗帜，雪

在春天腐烂，掏出

黄土。那是谁遗忘在山顶上的

一块旧门板。听

谁在那里搬动门环，唱着

返回的歌。假如没有藏袍

没有羊皮没有

绳子没有土窑里那把

青紫的火，我的父亲

我又会在谁的骨盆出生

栽下小麦和牡丹

我手握棉花，用雪

在春天擦雪。我的手

是捧起黄河的手

是漏掉河水留住盐碱的手

是剥茧的手

是接生的手。是

拔出烟囱的手

是颤抖的手。我把手

插进河床。父亲

八月的河水已经涨到小腿了

九月

坐在青石板不说话

母亲在房间里

父亲在房间里

外祖母也在房间里

野生的桃越长越大

它把树荫移到墙壁上

墙壁上一并爬满

乌紫的梅豆角

我睡着了

他们却从房间醒来

并弄出许多细小的声音

十月一日

景泰蓝的镯子

外祖母的手骨和我的手骨比在一起

但我的手小

“大手抓柴

我接下一句:小手抓财”

抓过柴的手最后被一床红绸盖住

十月一日,只要半个时辰

白茬的棺材就能刷上一遍好闻的黑生漆

两只镯子在我腕上偶尔一碰

那声音让我再度晕厥:小手抓财讨吉利

我对它念,对它念

我从左腕戴到右腕

又从右腕戴上左腕

十一月

在冬天

一只铁皮炉就是我的天堂

躲过北风的女人把脸埋进羊毛

那是谁扔在墙根的一排

整齐的小蹄子。它们在夜晚穿过玉米秆

留下菱形花瓣

谁也不知道搬开麦草垛后

会看到刺猬妈妈正抱着小刺猬酣睡

牛粪冒着热气,牛

自己回家,绳索软软拖在地上

坐着树桩打盹的爷爷忽然哭泣起来

他叫着他的娘

有人说他是我从未谋面的祖父

他却说我是他的邻居

十二月之一

第一原料:农历。女人。山药。

第二原料:香。土坟。小北风。梅花。黄谷。

第三原料:晴朗。桂花。父亲。

第四原料:草木灰。石灰。煤灰。

第五原料:红袄。祖母。朝东走。

十二月之二

让我们睁大眼睛
在子夜静候他的到来

他查看粮仓
在圈里摸一摸老牛的皮毛
对一碗冒热气的饺子
闻了又闻

他在一个陌生的小男孩床前停下来
仔细打量他

他在黑影里坐坐沙发
睡一睡床
他走来走去
没有被任何东西绊倒

十二月之三

今夜

守岁的人带给我煤油灯的气味

和面粉的气味

他头发花白

记忆清晰

他的鞋底沾着新泥

今夜，平原上空再次出现灯光一样的雪花

窗户纸就这样白了。晨曦中

我们的祖父再次离开宅院

第二辑

落过花的树

无题

我的棉袄，缝纫

很多曲线。我的棉裤

缝纫很多曲线

这让我开心

阳光下，照镜子

我被太阳穿透，很透明

我的身体

被曲线缠绕

天啊，如果没有这些曲线

它们会噼里啪啦

掉在地上

我说：我多么像一个

漏水的网兜

晒

被子晒在太阳下
太阳的温暖会慢慢渗透进去
太阳的温暖忽然就有了形状
我果然摸到它印在棉布上
那层微微凸起的烫痕

今夜我将是一个幸福的人
我的裸体可以被白天的热光
包裹着

这是我储存太阳的一个秘密
你看我终于把白天一片一片
折叠起来

龙源湖

这湖里的水来自地下

这地下的水却不知道来自哪里

和雪山没有关系

和一条远古的龙没有关系

今天下雪了

我捏一朵水做的花瓣

看她在我手指上慢慢沉淀成一滴眼泪的模样

却仍然看不到水下的答案

我忽然想到了春天

春天,蝴蝶会从水草里长出青色翅膀

所有的草尖和花朵在黎明都会

挂满露珠

忽然绿了

办公室一门

一窗

门前向阳,长两棵老杨树

窗户背阴

是山

进门

走几步,看山

我一直看山

山体却始终保持着苍老的白色

我不看老杨树

老杨树却在一个夜晚

忽然绿了

忽略掉的

那张照片

有你最心痛的人

一边是你的父亲

一边是你的婴儿

你的父亲抱着你的婴儿

而你却不出现

你是中间那一段

因此你是可以忽略掉的

橙子

我喜欢橙子

我喜欢一只橙子,两只橙子

喜欢三只橙子

我在春天的暮晚

把三只橙子带回家

我把地板擦干净

把门半开

然后把橙子丢落在地板

橙子滚动

停止

橙子没有掉进黑暗

我对来人说:多美丽的夜晚

请吃我的水果吧

陶瓷

陈列和出售是违背陶瓷本意的

做个小市民有什么不好

我不询问煅烧的过程

我只是喜欢泥土的另一种方式

点化的力度和层次

大于幻觉

大于历史博古架上的

那一堆想象

寻找樱桃

在樱桃背后寻找樱桃是一件

多么遗憾的往事

明知道没有希望

连摘取的影子都不复存在

一切要靠想象

你离它们多么近

你站在树下指指戳戳

两瓣残留的花萼离你

多么近

卖杏子的女人

卖杏子的女人来自山里

她们来的时候路上还黑

路上还冷

她们穿两层衣服

她们穿黑面的

平底布鞋

带给我快步如飞的感觉

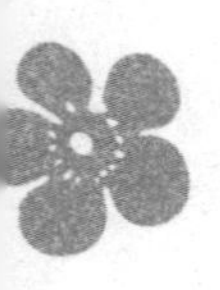

她们找一个街头蹲下

把篮子摊开

并不高声叫卖

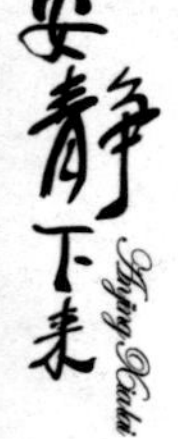

荷叶顶在头上

把一片荷叶顶在头上
六月在荷叶上盘坐
六月已经怀孕
荷叶下的女子是三月娶走的新娘

把一片荷叶顶在头上
用一层藏青的叶绿素把尘世隔开
荷叶在早晨收回了露珠
荷叶下的女子做不成一尾小鱼

把一片荷叶顶在头上
荷叶下的女子步入小巷
城里的人举着蒲扇说读懂了信物
说有一湖水的寂寞

阴天

假装有人叫我,我快速

提起自己的影子

走向那双棕色皮鞋

大厅挂着许多漆黑的门

有人在里面谈价钱

我假装没看到

没听到

我假装圣者在眼前传唤我

一点都不提防

覆盖下来的阴天已经把我压成一只

干瘪的黑钱包

踏青

你不认为我是地主
你不认为你欠我土地、种子和酒精

你对我说:向前走
上树,捉住那只小鸟。你说
必要的时候把自己当一块黑铁
抛给旷野

我只是想讨回一块泥巴,大声喊出
栽种、栽种、栽种

远观

山坡向阳

有一条小土路

我看见了它

还看得很清晰

来人都说我的小房间

有秘密

什么秘密啊

我只不过看到那条小土路

没有头

也没有尾

只有中间一截

却不断有人在上边影影绰绰

弓身行走

棉布

我向往的

是针线对衣服的缝合

是棉布对棉布的延伸

一小团黑头发就可以换到两枚

油黑发亮的钢针

我再次听到货郎的小皮鼓“砰砰”在胡同摇响

越远越像童话

端坐在童话中的女人露出

我梦中才能接近的微笑

天啊,我多么渴望是那个

即将出嫁的新娘

第五杯

吞下第五杯热茶

腿开始发软。我在杯子里依次看到残渣，树的

碎屑，土地和山岭。苍白的秋天。以及

刚刚被我用呼吸和嘴唇暖热的、模糊的一团

爱情。噙着这口

潮湿且暗淡的热气我依次想到：叶子

是春天被指甲掐断的一批小叶子。而你

是春天抛在房檐下的一条

干净而闭锁的抛物线。我们

空而紫红，如同祖母的黑陶

闲置在扫干净的，桌面

茶

阴天，茶
杯浅，紫砂
蒙蔽了我。采茶的故人
你住在我最守旧的
那杯毒里

我模仿那些汤液
那些蜡染的
枯黄的汤液。它们锈住了
我的嘴唇

我关闭你的光
你的黑色素
因此，我堆积一小花盆的
碳。它们干燥
它们不动

美好

从侧面看

你是我长高的一部分

是我提前

进入山林的一部分

是我对世界尚存

善良和正义的一部分

我们是多么喜欢肃静。喜欢

低下声音

说起那些污浊的

坏事物。哦,低头多么美好

微笑多么美好

桃林

他在诗里写桃花
我进入桃林

他心爱的女人只是一次
斜着插下去的青烟
桃林里的大雾在傍晚浮起来
雨水在大街上下的很响

我想低声对他说出
桃林里的男女其实都是从中原地区
突围来的
而我却是从山西
迁到中原。这是很多年前的事情了

我们其实都在同一片桃林
烧过秋

南边月光

半夜睡不着

睡不着了也要安静躺着

床的另一侧不可空出来

我的爱人正在他古老的梦里

享受一次神秘之旅

此时,我的房间

南边月光

北边灯光

洗衣歌儿

洗衣服的时候

我把手绢忘记在口袋

同时还有一枚硬币

洗衣机轰隆轰隆，粉碎着

油腻和灰尘

窗台上站着一层

金黄的风

今天，我只愿做一个认识清水

和纽扣的人

犀牛石雕

一头走进城市的犀牛雕塑在

人民公园的树林间

它抵向谁

它的面前是一地金黄的落叶

在这样的秋天

一头走进城市的犀牛被秋风和落叶包围

它石质的暴力被一枚落叶瞬间击败

抵向任何一个方向都是标本

是秋风中越来越枯瘦的风景。挖坑的人

也是填土的人。现在

只有落叶能够发出森林内部的

那种折断声

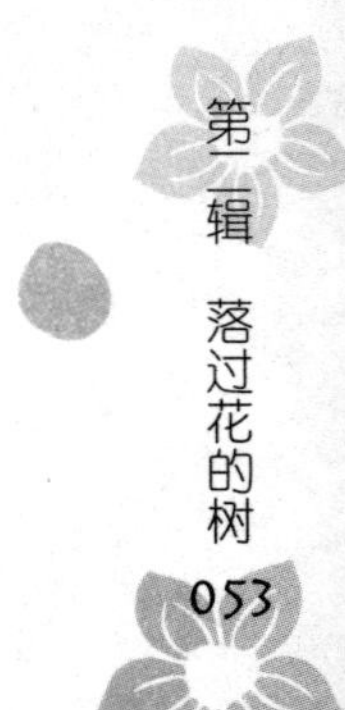

黄昏提前降临

黄昏提前降临

小街道铺满青红地砖

小街道可南北

可东西。一群老头老太太围坐小方桌

打麻将，打扑克

让人进入幻觉的是

那些红灯泡

青灯泡，挑在高处，高高罩着这群

粉饰的小人

秋天，喜欢棉花叶子

这种喜欢有点随意
所有的绿色被镰刀收割进粮仓后
没有野花开在路边

棉花结成饱满的桃，举在枝头
紫色的梗
霜过的叶子变红
没有霜过的叶子更青

我把叶子摘下来
一片一片不停摘下来
我喜欢把它们做成一束花
随手插在不知谁家的
篱笆上

柿子树

一些树叶落在树杈
没有风
阳光金黄。我们到来
我们和阳光一起变成
金黄的静物

树洞口有一些变黑的汗青
那是子宫的颜色
我们到来，我们和树干一起变成
褐色母亲

那些绯红的浆果
远远被放进了篮子，挂在
遮蔽且悬挂的黑里

开始的地方

我猜想
长鸣的小黑虫子肯定长着长长的骨节
它们隐藏很深
就像树的影子下有水

风在早晨准时苏醒
草叶经过一夜衰老
有的变红
有的变白
风回到它开始的地方

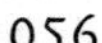

它们隐藏在即将干涸和荒芜的角落
等待草籽落在头上
然后和草籽一同
沉在一条小路的，后面

紫藤

紫藤花又开了

我站在她的面前想念她

白天你看不到什么秘密

一小朵紫推开了另一朵紫

夜露刚刚消失

那些女孩子正藏起她们的影子

喝酒的声音还在

她们曾经把花瓣当酒杯,掷在地面

现在,小船舱已经装满

满到已经溢出来了

桃

你不要动我的花瓣

我没有中风

你不能动我的花瓣

你的手已经不是十八岁的

你会对一个不会说话的女婴

低下你的脸

你的指甲缺少光泽

你在自己的另一只手上

画着什么

我知道你是爱花的

我也是爱花的

因此,你可以对我小声哭泣

我们可以彼此小声哭泣

在夜晚

你哭你的老人

我哭我的孩子

天亮之后

你会踩着我的花瓣回家

我长在你路过的地方

你必定会踩着我的花瓣回家

花园小径

一

花飞起来

男的花女的花在一棵树上

结伴而居

开花多么美丽

落花多么美丽

那小小的花柄可以当扶手

当船桨

二

我在花的后面看你

我说过的

我将从一朵花的花壳

取出整个春天

三

夏天还没有结束

这没有关系,你看,小蚂蚁

多么可爱,也只有这样的季节

小蚂蚁背着翅膀上的粮食才能跑起来

我说,它跑的

从来没有这么快

夏天还没有结束,我喜欢的

老蚯蚓正在树根下生孩子

小蚯蚓小蚯蚓

你快快长大,快快长大

四

我为什么会在苔藓的绒毛找到一朵花

为什么会在一口井的壁上

找到一朵花

我为什么会在鸟的黑脊

一条鱼的前方

找到一朵花

五

昨天,我还是一条蛇

我在四月出生,在六月,长成少女

曼陀罗花开在我的夜晚，我爬过一个女人的窗口

她裹着小脚，正往红帷帐睡下去

我找到草，找到水

找到一个从前老蛇遗弃的洞口

但那些孩子却不认识我

这没有关系，我知道一到天亮

我就会苏醒过来，我就会变成一条

带露水的鱼

六

走过大路，天只要不黑

就可以等彩虹降生，走多远的大路

都没关系,走累了

就坐在大马路的中间,吃手指

如果以一束花为号

善良的人,请开始出发

光脚的日子

夏天，不穿袜子的脚
在一只水红的拖鞋里打滑，我甚至乐意
把两只拖鞋反穿

我想起那些光脚的日子
多么美好，妈妈给我的小鞋上绣很多
红的花绿的花
妈妈自己也不知道她绣的花
叫什么名字

那是柔软的蓓蕾吧。那是
湿润的嘴唇吧。多年之后，我曾经这样
用牙齿轻轻咬我孩子的小脚

你的莲花

观音，今夜你来

顺着我门前一柱紫香，你来

不要担心大街上的狗，它们只是一些看守夜晚的

蚕蛹。不要担心你会碰响我的竹帘

给你钥匙，给你锁孔

你看这些椅子和床多么干净，我已经给你

铺三层花瓣了。带着你柳条上的

一滴宝石，碰着我的额

观音，在这样的夜晚

我是多么爱你，你说的话

我全能听懂。顺着我门前那柱紫香。今夜

我走出你的莲花

牵牛花

带露水的小喇叭

你要把夜晚的一场小雨

吐出来吗

你如果吐出来是红色

是紫色

是蓝色

我的天

那将多么让人吃惊

我的天

如果我很小

小到芥子那么大

那我就跳进去

直跳到对岸去

落叶

那些翠绿的弧

真的存在过吗

一只鸟叼起日头栽下去了

那些淡黄的烟

真的染湿过他的衣襟吗

细针一样的蒲公英落在了窗台

穿一只绣花鞋回娘家

坐柳叶船

前半仓霜后半仓雪

上半仓蜡黄

落过花的树

花落下来

树就干净了

如果一些壳还卡在枝条上

这枝条就显得

很有说法。落过花的树

带来一些喘息

缝隙里的光越来越淡

叶子在生长

一树的叶子都在按照一片叶子的样子

霍霍生长

草籽

等你来

把自己变成一盏门缝里的灯

抹上奶粉和金属

等你来就是把自己逼近死亡之地

我红啊，我的血压

我的血压是一烛

上升的香

我在血液的尽头等你

把自己踩成一条泥泞的小路。亲爱

就像在草尖上降生。就像

草籽里躺着

我们的来生

同时打开

我只要喊一声
姥姥就醒来

娘会先出来
厨房正飘出炊烟
父亲也会从沙发上走过来
他戴一只花镜
和一顶黑色绒帽

我只要喊一声
好几个门都会同时打开

蓝头巾

外祖母，在我给你送去棉被

贴上红对联之前，你要像生前那样

迎风站在那里

你要咳嗽，额头

憋得紫红。一朵棉花在路边对你举起一小片白光

外祖母，你的小脚

穿黑面的白底布鞋

咬紧你口里的铜钱，你要迎风

站在那里

身后一棵柳树落光了叶子，外祖母

你的蓝头巾被谁摘走

第三辑

石头里的象形

七夕之夜

那时，我没有耐心等待两个星星在外祖母的指头上
慢慢合拢。我睡在一棵大槐树下
外祖母穿一件青色上衣
那时，桂树和兔子被飘来的浓云，挤丢了

我希望家里的那头老牛会发生点奇迹
我看到它一直咀嚼着青色的汁液，它悠闲，摇着尾巴
我摸摸它湿热的皮毛，我不知道
它什么时候流出眼泪

外祖母说，那条河
是用金簪划出来的啊，那天后随手拔出头上的金簪
随手在后背一划，河水就呼啦裂开了
我看到那条白色的悬崖，的确是断开的模样

我想象河的两岸,女的站在水里

男的也站在水里。两个孩子,女孩穿红,男孩穿绿

他们坐在箩筐里,金黄的牛皮慢慢风干

一条扁担横在他们身后

外祖母肯定什么也看不到,有些时候

她敲敲我们的窗户。外边没有月亮,她的小脚

被黑暗淹没在地面。她知道小女孩应该许个愿,这个晚上

所有的喜鹊都飞走了

这个晚上,所有的喜鹊都飞走了

外祖母什么也看不到,我们睡过的大槐树

永远不会开口说话。可我的外公究竟在什么地方呢

外祖母说他死了,肯定死了

今天，喜鹊又飞走了

我坐在橘红色的壁灯下，离星河很远

我的外公从来没在河的这岸停留过，外祖母的拐杖已经弯曲

我问那个疼我的人，倘若把拐杖种在河岸上，会发芽吗

三个老人

外祖母似乎还坐在她的小屋里
等我叫她吃饺子
她不和我们一个桌子吃饭
她说她老
她只说到她的老

现在,她的门斜开了一条缝
屋里的黑是一种诱惑
屋里的静是一种诱惑

母亲拒绝洗澡是因为怕羞
不敢裸体
我们大家都知道这个秘密
可她自己不知道
她只说怕冷

父亲把好酒都藏起来

不给我们喝

姐姐带来的好酒

我们舍不得喝

说还是留给父亲吧

父亲的客人

无非是些个老街坊

无非是他几个有病的老哥

无非是些戏班里的老头

高粱红了

高粱红了
高粱要把它的红
它的高粱
交给买主

镰刀沾着雨水，长出
铁红的锈。一头老牛牵着缰绳
再次走回草垛
高粱的叶子像裙带

今年秋季妈妈包头巾
说：高粱不好吃但高粱酒还是
热得好

木头梯子

木头梯子靠西屋墙壁

一棵和我同年的榆树在春天

长出榆钱

母亲爬梯子

上房顶

夏天晒玉米

冬天晒棉花

我只喜欢爬榆树,喂鸽子

摘红枣

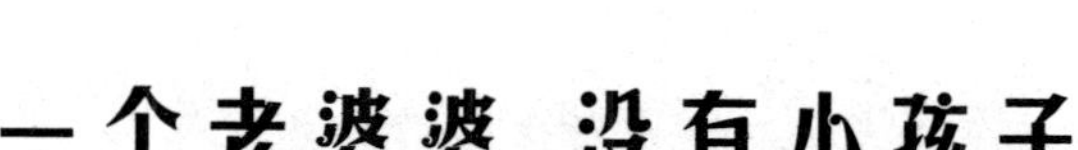

一个老婆婆，没有小孩子

一个老婆婆

没有小孩子

我朝南走，她开门

她住木头门

一个老婆婆

没有小孩子

她给我梳头，用指甲花和蓖麻叶子

给我染指甲

我们住土房，吃井水

早晨把柴草晒在太阳下

晚上把柴草抱回灶房

枣树长在墙角，开很小

很黄的花。一地花壳被小暖风

刮来刮去,有的落在

我的头发上

只要有一个老人在身边

再小的弃婴也能成活

我陪她说话

她陪我长大

我长大了突然发现

她不见了

唯一的樱桃

你的手刚离开
我就从你离开的方向倒伏下去
像夏天倒伏在地头的
一垄小麦。灌浆之后需要扶住脚跟
站在泥地
安静睡上三天
布谷已经站在屋脊
布谷是一只流血的婴儿
它黑着嘴唇

那唯一的樱桃被很多树叶
遮蔽,树冠撑起来
是祖母新染的一蓬青布衣裳
青布内的乳房就这样带着香气
小下去了

黎明慢慢落在我身上

黎明慢慢落在我身上

我体会到一种肉体悬吊于门环的快乐

一整夜我都在用苏醒的方式抵抗你。母亲

你潮湿的大床和房子始终摆放在

我的面前

你却不出现

让我整夜扮演一个误闯

别人牧场的女儿

外祖母的房间

外祖母的房间挂着稻穗

挂着棉花

挂着玉米和

蓖麻。外祖母的房间

从前挂着纺车

挂着棉布条

挂着碎羊毛和

剪刀。现在

外祖母的房间挂着一张旧照片

挂着针线筐和

两只黑纽扣。外祖母

的钥匙也硬硬的挂在那里

她担水的样子还在

她喂牛喂羊的样子还在

她往墙壁上努起身子砸钉子的样子

还在

一张照片

想从照片的角度进入你
想把你放大到具体的高
具体的长
想想印刷机。油墨。裁边。封面
邮政。哦
你竟然是可以被复制
有人用手指封住了你的嘴
她喜欢你
你就是她的
你的额头就是她的
你不动，在照片上
被她的嘴唇先破坏
后修复
你不反抗，在照片上
这让我更加伤心

岩溶之爱

我静静开花　你们

不要碰我

你们不要用眼睛碰我

我的爱情

正漂浮在破开的花瓣上

你们不要

用呼吸碰我

你们不要用身体上的色彩碰我

当我沉默的时候

我的洁白

开放在鲜红的萼上

那色彩

锁在我关闭的微笑里

是永久的秘密

你们的色彩只是尘土

我静静钻破山壁

根须上的水是从来没有被眼睛

污染过的

请不要随便碰我

即使你们来了也不要碰我

你们怎么知道

我柔软的香一直拳握在我纸一样的

灯笼里

茶之花

和采茶的女子无关

一般的情况是

你想不到远处的山

和远处的春天

你想不到夜露来自哪个时辰

夜露如果带上柄

如果从一片叶子中间长出来

就可以握在女子手里

而一个男人刚刚来过

天亮以前他在丛中下毒

天亮以前他必须走回石头里

红房子

你说出的那些秘密
身体上的
身体内的
我全部看到了

你身体内的一间红房子
无数的红房子
哗啦一声
我们拉紧窗帘坐紧在墙根

我看到你的全部了
我也看到我的全部了

危险的鸟

对准一块石头

对准一块枯黄、惨白的沙滩

危险的鸟

就这样亮起它的光

寂静时刻

人烟荒凉

一只危险的鸟伫立在青草之上

它突然弹起

斜射向高空

让一条河流动荡不安

葡萄后面

我在葡萄后边看你

你很大

葡萄很小

来做一朵葡萄花吧

花开三月

葡萄花是一粒破碎的谷壳

我的葡萄花

我漂走了的葡萄花

我在一朵漂走了的葡萄花上看你

你很大

葡萄花很小

葡萄花很青

我被青色带走

我在带走的青色小花朵里看你

你很大

大过一粒葡萄

大过一草原的葡萄

大过了紫红的葡萄

我在看你

在看你

所有的葡萄都是我向上的眼睛

吃石榴

一棵石榴被你掰开

你用指头拥抱她,并专心

一层一层解她

贴身小绸衣

你拒绝房间外的轰鸣

你对她说:天太干燥

把这一枚小水果

带上。你说:

石榴解渴,我们要用牙齿

热爱,要用飞机和火车这样的大家伙

热爱。你微笑起来

向北方送去一大批

美丽的鱼尾纹

童话世界

我不向你索取棉花

稻谷

药水

你很富裕

很浪漫

很守旧

我是我的童话,你是你的

国王

你是我挺拔的

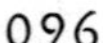

盐

你不爱惜蜜蜂和湖泊

好人的名字

亲近你

你就坐在太行山之巅

我用香气向你

投降

我已经不再与神仙对抗

他以前蔑视我

我取消了他

现在,我有了求生的欲望

三尺之外,我幻想

你的手掌可以把我

托高。请允许我把那些好人的名字

一一念出

计算你的行程

计算你的行程

但我不能移动

你的光斑是我墙体内的一团

甜蜜蜂巢

我经常默默给自己准备茶杯、毛巾、内衣和

书本。我越来越担心自己的

味觉和视力

我来的方向在东，在西

在南在北在东南。你坐在旧房子的中心

我的伞柄

是十月的一次黄菊

夏殇

一

脱去衣裳

我看到你的胸膛。黑森林

是多汁的春天

我俯在你的肋间

闻到了好闻的花香

二

走吧走吧走吧

我要驱逐你

因为你喝了别人家的蜂蜜

三

再次跌入黑暗

夜晚的青石板藏着那么多的情人

他们裸体数星星

天啊,这太残酷

我坐在灯光下送你出门

我回来的时候

已经沦落为一个扫大街的祖母

四

黄河容不得沙子

这和母性同归于尽

夕阳下

我抬高潮湿的身体

只有我才能证明你说了很多谎话

我也说了很多谎话

在谎话里

我们得到重量相等的自由

我站起身来

看啊我走在你的前面

五

从今往后

你是你天蓝上一只洁白的鹅

我是我祖母锅底刮下的一堆炭

我将再次在头发上

扑满水珠。我只要大喊一声

天就彻底白了

从今天往后我将怀念所有的夜晚

我有的是时间在路上祈祷

或者作恶

你看我把一束猫眼睛的小黄花

擎在前面

六

我希望流浪

到我不认识的地方去

那里有善良的人背过脸

在露水里除草

我不带你去

我把左边位置放上棉花

和面粉

来来来

我坐在河水送走的旧木板上

我吃着今年新收的

麦花酒

七

我再次对你微笑

你可以从我的侧面直接走到对岸去

如果你乐意

就拿去我的左半球

我在我的右侧穿上

乌云一样的红绸。我会痛哭自己是一个

失去洁白的女人

我在我的红绸上绣牡丹

我的父亲和我的孩子,与我同行

八

一杯白水让我明亮

我喜欢佛珠

就像从世人的罪恶上一一拂过

我知道你对我的真实

就像这世上的罪恶

你比蛇还绿还

弯曲

我送你出门

这是最后一次挽起你的臂膀

九

我闭嘴，改变絮叨的坏脾气

限制一个人的身体和走向

是不道德的

很多女人在路的这边大声哭泣、张望

那硬心肠的人已不再年轻

这是一个值得怀念的夏天傍晚

我和我的兄弟在大杨树下喝酒叙旧

我们把光着的脚翘在彼此的

木凳上

石头里的象形

王屋山下

我拒绝拥抱

私奔。你跪在那里,雄起肩背

大块的肌肉。你跪的

可是我:一朵

即将离开峡谷的棉花

爱情在我这里,不在你那里

你跪的不在对面

而是来自背后的一次

闪电下的断裂

截面中,你跪的时候

恰好被一次地震卡在那里

我似乎和你有了无尽的瓜葛,似乎

你伤害了我，而且还伤害得

那么严重。哦，这真让人着迷

石头外的秋天已经来临

我站在三尺之外，左边

一棵草上，他们说那是一只豆娘，女的

而她的丈夫，男的

在她的周围，飞飞，停停

梦到长城

在一个人的唇上沉默

先是八年

后是十年

他的唇完好无损

我却已是拔过三次坏牙的女人

母亲问我：孩子

你在梦里见到过太阳吗

见到过吗

没有，妈妈

我从来没有在梦里见到过太阳

所有的人都在沉默

今天我又梦见了那火车

它轰隆隆把我带走

一直带到有长城的地方

那保护城楼的军人并没有认出

我是他的初恋

我仔细看他的脸

最终,把手放在自己的眼泪上

故园

昨天晚上你肯定来过

但你只是在我的酒杯里晃动一下

很快逃遁

我肯定惊慌失措

抓住一块漏过窗后的月光，拼命擦洗

自己的心口

我还把那些猩红的

滚烫的，使劲吐出来，似乎是这些粮食

要逃窜

那残缺的酒杯

我再次把你确认为

是我的故园

第四辑
草尖上的鱼

草尖上的鱼

下雨的时候

一块乌云带走了我的沉默

我看到了那些干渴的小麦

把灌浆的小口张开

举起腋下空出来的部分

我担心那些小草

很快就会长成大草的样子

老草的样子

那些长在草尖的小鱼

只要漂到池塘

就会瞬间游动起来

找到新的河流

蜘蛛和蛇

今天
我看到一个很老的祖父
在麦茬地里种豆
昨夜下过小雨
豆苗出来了
地头上有几棵杨树
地头上有三座土坟
地头上有一些牛粪

其实
地头上还有一些蜘蛛的脚印
蛇的脚印
它们在夜里过了马路
它们在夜里到了马路的
另一边去

蝉

三十天的露水

三十天的爱情

树的叶子依旧那么青绿

太阳的气息依旧那么湿热

它却托不起自己的体重了

像一个小小的黑色秤砣

失足栽下来。它是一头从上方

栽下来的

地面绝对撞痛了它

它弹跳几下

终于静止成了标本

那个下落的姿势是自己

根本无法控制的

小虫子

地面上

到处都是小虫子的叫声

白天也叫

那是一条条水银吧

那是一节节埋在花盆和墙根的吸管吧

摁住一个出口

又摁住一个出口

那么多的出口

需要多少指头才能全部摁住

爆开一个伤口

又爆开一个伤口

那么多的伤口插入地面，释放一群

黑衣囚徒

排着队过河

一只乌鸦飞过来

一只乌鸦飞过来

它不过是从这棵树飞到

另一棵树上

青龙峡又宽又大

又高，这只乌鸦只不过

横着飞

我只不过模仿了它的叫声

哑……哑……哑……

我的声音没有它野，没有它干燥

看来我还不够隐蔽

这峡谷还不够隐蔽

家事

两个小狗之间的争斗是值得参与的
就像我
总想做一个扎围裙的妈妈。瞧
周末的客厅正在发生一场战争
一个骄傲的小男孩穿隼黑的背心
叼一只鞋子
“得得得”像一匹高头大马
那个白颜色的小女孩多么愚蠢
她勇猛地扑上去
却轰隆一声自己摔倒

它们在一起
还不知道相爱

黄河岸边毛毛虫

一只毛毛虫爬到这里

突然死掉了

小鸟没有吃掉它

河水没有淹没它

现在阳光干净地照着它

炭黑的尸体

它肯定是老死的

身体内的器官

褶皱的皮肤

身体下一排整齐的小脚。说停就停

似乎前面的那些草

它还从来没有爬上去过

黑蛐蛐

头发可以变成手中的一块灰烬

你看到了吗

你有剪子吗

垂直向上

把自己横在夜空

你说

村庄的冬天能让人从脚心生出

细密的汗

我们再次约定

到粮库门口听黑蛐蛐在砖头缝里鸣叫

灰蛾子

夜晚

车灯骤亮

汽车在黑里

像一道雪白的来世

一些蛾子躲避不及

撞碎在玻璃上

噼里啪啦，噼里啪啦

是变回液体和泡沫的声音

久居城市之人从来没有注意到

乡村的夜空竟然飞行着

这么多美丽的悲伤

冬天的声音

冬天到了

如果你想听松鼠吃榛子的声音

那将多么适合我

我有一小瓦罐黑豆

亲爱的

在这样的白天,我们不能

回到房檐下

不能用一条河流的形状

覆盖另一条河流

但我们可以坐在火盆前

接受一只银白色的松鼠

和它的黑豆

蚂蚁的入口

太阳落在雪上

雪在下沉

雪在下沉

拿锄头的男人弓身用那铁

刮掉脚上的泥

草木灰的味道有些腥臊，在春风里

飘荡，飘荡！

屋脊上的青露出来

屋脊上狸猫的尾巴，翘起来

老墙根有些潮湿

是蚂蚁的入口

沿着铁轨

沿着铁轨行走
我指给你看中原的喜鹊:大
尾巴长
翅膀有白斑
它们时而蹲在墓地的树枝上
时而在麦地低低飞

如果有火车过来
我们就是被摩擦和撞击的一部分
一个女人坐在一侧拣煤核
我们走过来
她不抬头
我们刚想听火车“昂昂……”的叫声
它竟然黑压压从转弯处
巷道一样出现

北方小城

北方一座安静的小城，我曾经
丢下过很多碎纸片的小城，现在，请给我看到
我从前说给草尖的话，请给我看到
它们顶着露珠一样的小帽子，多么透明

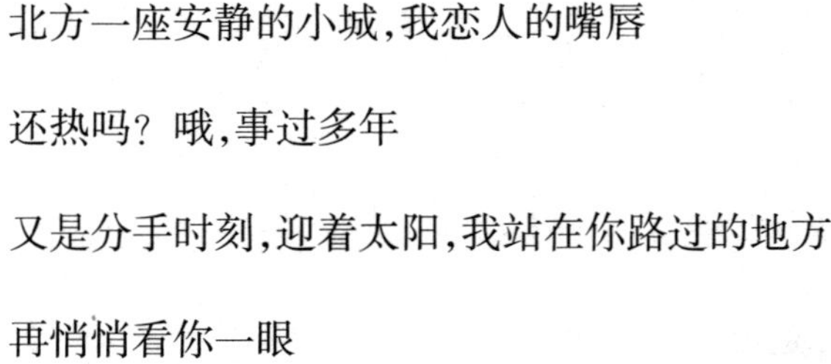

北方一座安静的小城，我恋人的嘴唇
还热吗？哦，事过多年
又是分手时刻，迎着太阳，我站在你路过的地方
再悄悄看你一眼

这是我最后一次想念你
斑马线又刷上黄油漆了，我回到这里
你却已经离开。你离开好些年了
我为什么才敢离开

山西

一片叶子就是一只老麻雀
你看，一棵巨大的树冠正裂出
叽叽喳喳的缝隙

小黄米被车轮碾碎了一次
这不是大块的谷
父亲们要从山西搬运煤炭和年糕

吸着鼻涕，我们把杨树叶子用竹签穿起来
穿成长长的一溜儿，提溜着
跑着，嘎嘎嘎嘎……带回家喂羊

同样的事情
我们不喜欢用篮子

白发母亲

勺子离嘴唇最近

我离你很远

那银白的一团核桃

是你的面容。水银把你打湿

你藏身其中

勺子离碗最近

我离你很远

勺子离草药最近

我离你很远

旧木头

钉子掉出来了

钉子无声掉出来

就像很早以前它就被种植在火里

火灭了

它一下子落在地面

哗啦一声，钉子

成为钉子一样的硬块

钉子周围的尺寸很快变成灰烬

钉子

红红的

红红的钉子才是刺进过木头的钉子

棉花

一朵棉花就是一次朝拜

现在，众多的棉花开放

做棉花糖的男人手指又甜又黑

吃糖的孩子像吃着空气

路灯有些暧昧

要把戏的人群轰鸣着出现

他们穿着硕大的图腾

街道敞开，一辆运草车缓慢路过

棉花糖是一种什么糖

树上的香味和焰火的味道混合成一种迷香

远远的，是摘棉花的村妇

坐着火车从新疆回来

一枚叶子

一枚叶子在生病
整个大树都在抖动
这是什么病
人体的病不适合一枚叶子

不是风抖动
不是灰尘抖动
不是的
不是一群花骨朵拱着一个春天爬上爬下
不是花粉落在头上

一枚叶子在生病
一枚叶子是众多叶子的背叛者
一枚叶子在天亮前把自己扔下大树
这棵大树从此就少了一个亲人

小麦黄了

我见过小麦的黄

是一种罕见的诱惑

时间很短

太阳照射很强

小麦的黄,黄不过镰刀下的一阵铁青

我见过小麦的破裂

那种黄忽然不见

麦茬带着一地冷淡的伤口,青色的

小蚂蚱是折断的针尖

那种黄期待已久

它到来又消失

那种黄在黑夜染过我的枕头

在白天填充我的嘴唇

拉纤人

低头，弓肩
他的船是一块
刷红漆的旧铁
他直直地拉着这一堆生铁

你能把黄河拉直吗
你要把黄河拉到哪里去
你如果站着不动
你就会瞬间被河床压死，成为河床
暗红的一部分

汗水聚集
形成高地
腋窝的一块盐碱
正在收割

你是黑的

你是红的

你是绛紫的

拉纤人,我看着你的眼睛

你的眼睛遍布干旱

不见桥梁

一棵枣树

在秋天

我渴望能够遇见祖父

他身后是一棵枣树

他看护着他的枣

他几乎已经没有了牙齿

而那棵枣树却比他年长

比他弯曲的脊背

还要枯黑

当院子里所有的鸟都站在树上

当最后的一棵红枣在枝头变成黑枣

我们就知道

应该穿上老棉袄了

风在夜里出现

带走很多绵羊和牛粪

我们在小床上躺好

盖上棉被

把手脚暖暖地盖在下边

然后一遍一遍听取大人在北屋咳嗽